Cet ouvrage a été imprimé sur un papier
issu de forêts gérées durablement
et de sources contrôlées.

PEFC
PEFC/10-31-1093
IMPRIM'VERT
Votre imprimeur agit pour l'environnement

ISBN 978-2-7002-3566-1

L'école d'Agathe

Texte de Pakita
Images de J.-P. Chabot

Maëlys cherche un amoureux

RAGEOT • ÉDITEUR

Vous connaissez Maëlys ?

Depuis hier, sa **grande sœur** a un **amoureux,** alors elle en veut un **aussi.**

Maëlys admire tellement sa **grande sœur** qu'elle veut tout faire **comme** elle.

Sa **grande sœur** a les cheveux courts ? Maëlys se fait couper les cheveux.

Sa **grande sœur** reçoit un cadeau ? Maëlys demande **le même.**

Sa **grande sœur** a un téléphone portable tout neuf ? Maëlys en réclame un **aussi !**

Quand la **grande sœur** de Maëlys s'est mis un anneau sur le nez, Maëlys en a voulu un **pareil** mais sa maman lui a dit :

– Ce n'est pas parce que tu as une **grande sœur** que tu dois toujours la **copier**, il faut garder ta personnalité.

Et elle a ajouté :

– Surtout quand ta **grande sœur** a de drôles d'**idées.**

À mon avis, Maëlys n'a pas compris ce qu'a dit sa maman parce que ce matin, en arrivant dans la cour, elle nous a réunies, nous, les filles.

– Vous savez quoi ? Hier, j'ai vu l'amoureux de ma **grande sœur.**

– Il est mignon ? lui a demandé Inès.

– Bien plus que ça ! Il est gé-ni-al ! a répondu Maëlys.

On s'est regardées et on a dit :

– Et tu en veux un **aussi ?**

– Ouiiiii ! Mais le problème, c'est que je ne sais pas comment trouver un **amoureux.**

– On s'en occupe ! a crié Zoé. Allez les filles, on y va.

Et c'est comme ça que la **chasse aux amoureux** pour Maëlys a commencé.

La sonnerie allait retentir, il fallait se dépêcher, alors on a foncé sur Enzo qui jouait au **foot** contre un grand de CM1.

– Enzo, tu veux bien être l'amoureux de Maëlys ?

Enzo a hurlé :

– Allez-vous-en les filles ! À cause de vous, j'ai raté mon **but !**

Pour nous aussi, c'était raté ! Alors on a couru vers Hugo qui essayait un nouveau **numéro de cirque** en jonglant avec **trois balles.**

– Hugo, tu veux bien être l'**amoureux** de Maëlys ?

Les **trois balles** de Hugo sont tombées par terre.

– Allez-vous-en les filles ! Vous me déconcentrez.

Comme Hugo n'avait pas crié trop fort après nous, Léa a dit :

– Mais quand même, tu veux bien être l'**amoureux** de Maëlys ?

– Ah ça jamais ! **Mon cirque,** c'est plus important que l'**amour !**

Et la sonnerie a retenti. On s'est rangées à côté de Maxime et on lui a demandé :

– Maxime, toi tu veux bien être l'amoureux de Maëlys ?

– Ah non ! J'ai déjà TROIS amoureuses, ça suffit !

Maëlys est arrivée.

– Alors les filles ? C'est qui mon amoureux ?

– Pas si vite Maëlys, on vient seulement de commencer la chasse !

On n'avait pas trouvé d'**amoureux** pour Maëlys mais nous, les filles, on ne s'est pas découragées.

En classe, pendant que la maîtresse écrivait au tableau, on a envoyé un petit **mot-boulette** à Arthur.

Arthur s'est retourné vers Maëlys et lui a fait une énorme grimace !

– Ça se complique, j'ai dit tout bas à Lola qui m'a répondu :

– Les garçons n'aiment peut-être pas les **petits mots.** J'ai une **idée !**

Vite ! Lola a arraché une **feuille** de cahier, dessus elle a écrit… vous savez quoi, elle a plié la **feuille** en **avion** et **bvvvvvv, l'avion** a volé dans le ciel de la classe.

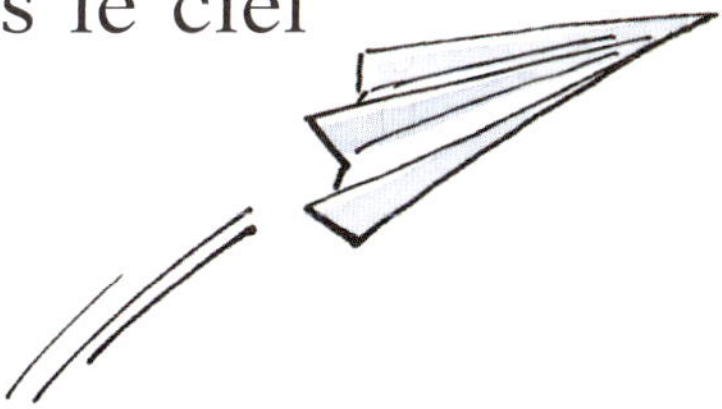

Bvvvvvvv, il a fait un grand virage et... oh **nooooon!** La maîtresse s'est retournée et paf! **Accident!**

La maîtresse s'est transformée en **dragon** et elle a grondé :

– J'aimerais bien savoir qui m'a lancé cet **avion**...

On s'est **toutes** regardées et on a levé le doigt ensemble.

– Je peux savoir pourquoi ? a demandé madame Parmentier.

On a **toutes** baissé la tête sans répondre.

– Très bien, vous resterez sous le préau pendant la récréation !

Dans les escaliers, Maëlys a commencé à pleurer.

– Ma **grande sœur** a un **amoureux** et pas moi !

Sous le préau, Zoé a déclaré :

– Les filles, ce n'est pas parce qu'on est punies qu'on ne peut pas continuer la **chasse.**

– Zoé a raison ! a répondu Chloé, il faut juste trouver une **bonne idée** pour faire venir les garçons sous le préau !

L'idée, c'est moi qui l'ai trouvée ! Dès que madame Parmentier, qui était de service de récré, s'est éloignée pour aller voir d'autres élèves, on a fait les **statues-monstres.**

Aziz, puis Tom, puis Guillaume, sont arrivés en courant.

– On peut **jouer** avec vous, les filles ?

Et nous, on leur a demandé... vous savez quoi !

Mais aucun des trois n'a voulu ! Aziz parce qu'il est **amoureux** de Coralie, Tom parce qu'il n'**aime** pas être **amoureux** et Guillaume parce qu'il **préfère** inventer des poèmes. Alors Coralie a dit :

– Les garçons, ça **aime** les aventures ! Il faut inventer une aventure. J'ai une **idée !**

Pendant la cantine, on a tout organisé.

– Maëlys, on dit que tu es une **princesse** et que tu es enfermée dans une tour.

– Et vous allez chercher des **chevaliers** pour qu'ils viennent me sauver ? a demandé Maëlys, pleine d'espoir.

On lui a répondu oui et on a gardé en cachette nos serviettes de table.

Dans les toilettes, Coralie a **maquillé** Maëlys avec sa mini-trousse de **maquillage.**

Pendant ce temps, avec Jade, on a attaché les serviettes de table à sa jupe pour lui faire une robe longue de **princesse.**

Puis Maëlys est montée en haut du toboggan.

Alors on a crié dans la cour :

– Est-ce qu'il y a ici des **chevaliers** courageux pour sauver la **princesse** ?

– Moi ! Moi ! Moi !

Les **chevaliers** ont galopé pour de faux vers Maëlys qui criait "Au secours !" en agitant les bras.

Ils ont lancé une corde en imagination et Maëlys, tout heureuse, a été sauvée !

Maëlys n'a pas été heureuse longtemps parce que lorsqu'on les a questionnés :

– Nobles **chevaliers,** qui parmi vous veut bien être l'**amoureux** de Maëlys ?

Ils ont répondu :

– Personne ! Les **chevaliers,** ça préfère faire la guerre ! Huuuue !

Et ils sont partis la faire !

– Maëlys, si ta **grande sœur** n'avait pas d'**amoureux,** toi, tu en voudrais quand même un ? lui a demandé Audrey.

Maëlys a hésité.

– Non, parce qu'en vrai, euh… je préfère **jouer** avec vous, mes super copines !

– Eh bien nous, c'est pareil ! on a **toutes** répondu. Vive notre super copine Maëlys !

Et on a couru faire une méga-partie de **Loup et Sorcières.**

Les **chevaliers** sont revenus au galop.

– On peut **jouer** avec vous ?

On a dit oui, alors Tom a ajouté :

– Mais on n'est pas obligés d'être **amoureux** de Maëlys ?

Oups ! Il est archi-tard ! Ce soir, Maëlys m'a téléphoné.

– Agathe, tu sais quoi ? Ma **grande sœur** s'est fâchée avec son **amoureux !** À partir de maintenant, je ne **copierai** plus sur elle. Je vais être **moi, moi, moi !**

Super, hein ? Allez, bonne nuit les amis !

L'auteur

Pakita aime tous les enfants ! Les petits, les gros, les grands, avec des yeux bleus, verts ou jaunes, avec la peau noire, rouge, orange, qui marchent ou qui roulent, et même ceux qui bêtisent !
Pour eux, elle se transforme en fée rousse à lunettes, elle joue, elle chante, elle écrit des histoires et des chansons pour les CD, les livres ou pour le dessin animé.

L'illustrateur

Jean-Philippe Chabot est né à Chartres en 1966. Avant d'entrer à l'école il dessinait déjà. À l'école, il dessinait encore. Puis il a choisi de faire des études de... dessin. Et maintenant, son travail c'est illustrer des albums et des romans.
Il est très heureux de dessiner tous les jours et parfois même la nuit mais toujours en musique.

L'école d'Agathe

64 titres parus

9- Emma ou Léa qui est qui ?

29- Thomas est un vrai pirate

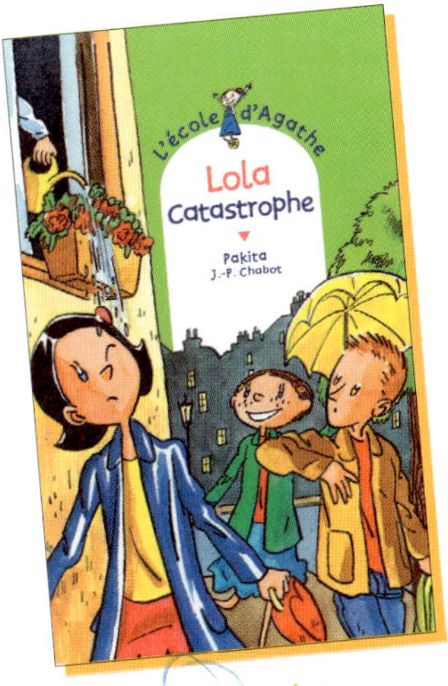

41- Lola
Catastrophe

60- Victor
va sur Mars

L'école d'Agathe

Toute la série
L'école d'Agathe
sur www.rageot.fr

Achevé d'imprimer en France en juillet 2011
par I.M.E. – 25110 Baume-les-Dames
Dépôt légal : août 2011
N° d'édition : 5394 - 01